EL MANZANO

Autumn Leigh

Traducción al español: María Cristina Brusca

LECTURAS DEL BARRIO

Rosen Classroom Books & Materials™

New York

La nieve se derrite y el sol brilla.
Llega la primavera.
¡Me siento feliz!

¡Los pájaros están aquí!
Me cantan canciones.
Los pájaros hacen nidos en mis ramas.

¡Las abejas están aquí!
Vuelan entre mis ramas.
Zumban alrededor de mis flores.

¡Las mariposas están aquí!
Vuelan hasta mis flores.
Se esconden entre mis hojas.

¡Las ardillas también están aquí!
Corren por mis ramas.
Hacen un nido adentro de mi tronco.

¡Los ciervos están aquí!
Descansan bajo mi sombra.
Les doy manzanas para comer.

¡Los niños están aquí!
Se trepan por mi tronco
y se columpian en mis ramas.
Los niños recogen mis manzanas.

15

El invierno llega otra vez.
Para mí, es hora de descansar.
¡Volveremos a vernos cuando vuelva
la primavera!